W9-BOA-933

DEMCO

Primera edición en japonés, 1984
Primera edición en español, 2010

Gomi, Taro
Cocodrilo va al dentista / Taro Gomi ; trad. de Kazuko Nagao. — México : FCE, 2010
[36] p. : ilus. ; 22 × 22 cm — (Los Especiales de A la Orilla del Viento)
Título original Wani-san Doki Haisha-san Doki
ISBN 978-607-16-0142-1

1. Literatura infantil I. Nagao, Kazuko, tr. II. Ser. III. t.

LC PZ7 Dewey 808.068 G643c

Distribución mundial

Carretera Picacho Ajusco 227, Bosques del Pedregal, C. P. 14738, México, D. F.
www.fondodeculturaeconomica.com
Empresa certificada ISO 9001: 2000

Colección dirigida por Eliana Pasarán
Proyecto editorial: Miriam Martínez
Edición: Mariana Mendía
Diseño gráfico: Fabiano Durand

Comentarios y sugerencias:
librosparaninos@fondodeculturaeconomica.com
Tel.: (55) 5449-1871. Fax.: (55) 5449-1873

ISBN 978-607-16-0142-1

Impreso en México • *Printed in Mexico*

Cocodrilo va al dentista

Taro Gomi

traducción de Kazuko Nagao

LOS ESPECIALES DE
A la orilla del viento
FONDO DE CULTURA ECONÓMICA
MÉXICO

No quiero ir...

pero debo hacerlo.

CONSULTORIO
DENTAL

No quiero ir... pero debo hacerlo.

¡Uy!

¡Uy!

¿Qué hago,
qué hago?

¿Qué hago,
qué hago?

Me da miedo...

Me da miedo...

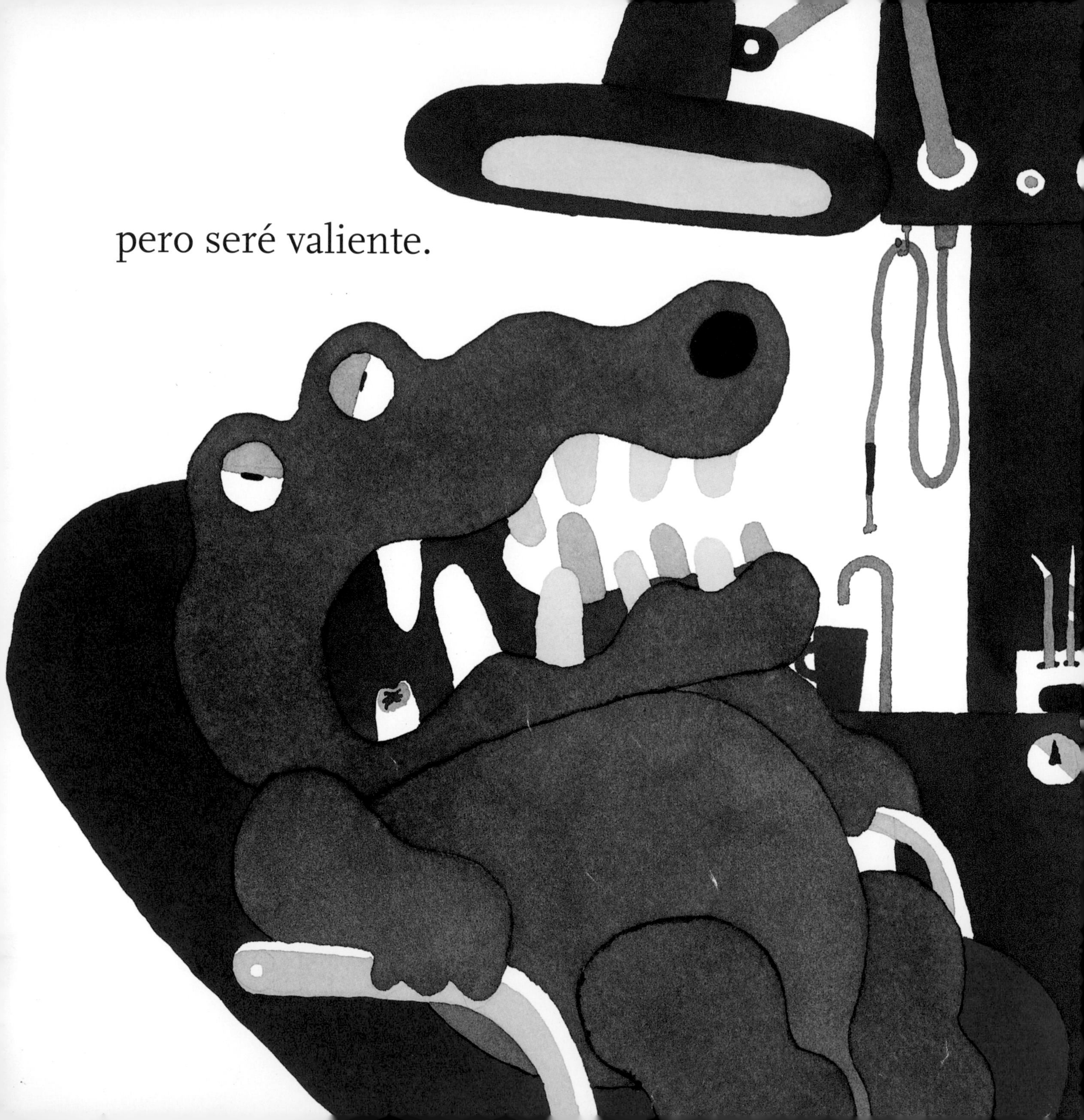

pero seré valiente.

pero seré valiente.

Estoy listo para lo peor.

Estoy listo para lo peor.

¡Me dueleee!

¡Me dueleee!

¡Es muy malo!

¡Es muy malo!

Pero enojarse no
sirve de nada.

Pero enojarse no
sirve de nada.

Ya falta poco.

Ya falta poco.

Ahhh, ¡por fin!

Ahhh, ¡por fin!

Muchas gracias,
hasta la próxima.

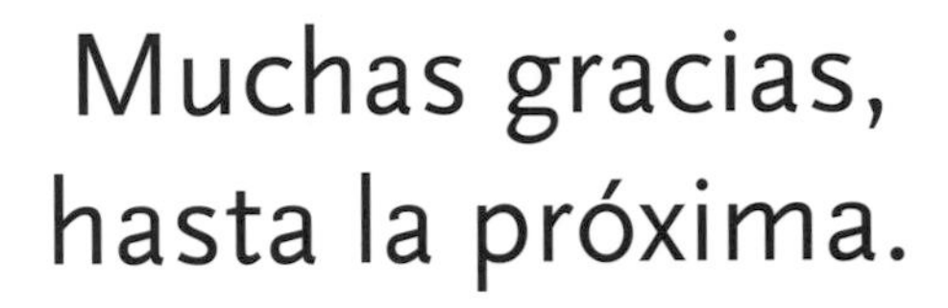

Muchas gracias,
hasta la próxima.

¡Uf! La verdad no
quisiera volver a verlo.

¡Uf! La verdad no
quisiera volver a verlo.

¡Por eso debo
lavarme los dientes!

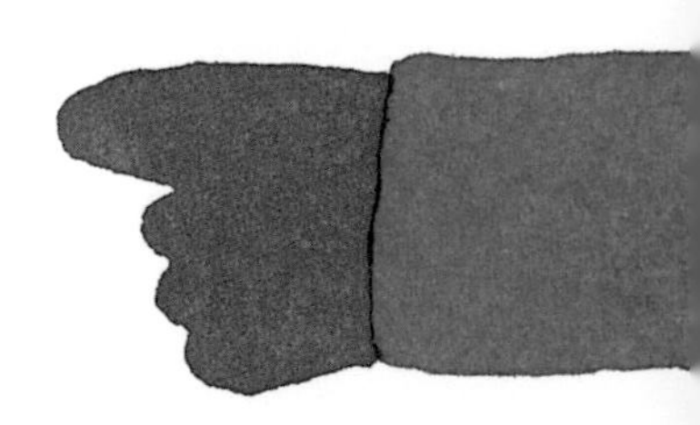

¡Por eso debes
lavarte los dientes!

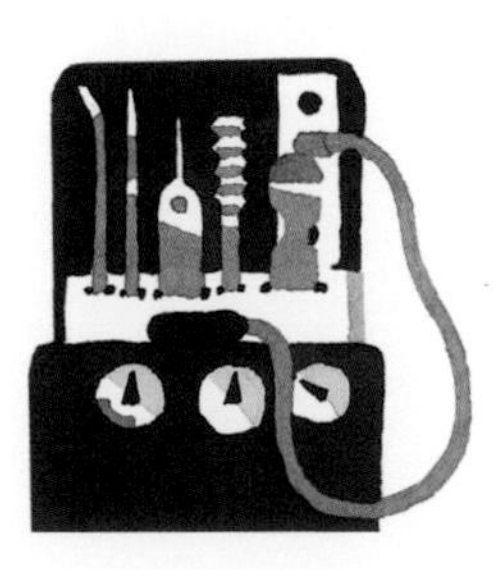

Cocodrilo va al dentista, de Taro Gomi,
se terminó de imprimir y encuadernar en enero de 2010
en Impresora y Encuadernadora Progreso, S. A. de C. V. (IEPSA),
calzada San Lorenzo 244, Paraje San Juan,
C. P. 09830, México, D. F.

El tiraje fue de 10 000 ejemplares.